QUÉ ES LA LIBERTAD

Qué es la libertad

Colección: Trampantojo

Primera edición: septiembre de 2016

© 2016 Renata Bueno (texto e ilustraciones)

© 2016 Thule Ediciones

Director de colección: José Díaz

Diseño y maquetación: Juliette Rigaud

Traducción: Alvar Zaid

Impreso en Índice, Barcelona, España

ISBN: 978-84-16817-04-7

D. L.: B-16607-2016

Thule Ediciones SL

Alcalá de Guadaíra 26, bajos

08020 Barcelona

www.thuleediciones.com

RENATA BUENO

EL NIÑO LE PREGUNTÓ
AL LÁPIZ ROJO:
—¿QUÉ ES LA LIBERTAD?
EL LÁPIZ GIRÓ DE REPENTE,
SALTÓ, RAYÓ
MUY SUAVEMENTE,
DESPUÉS MUY RÁPIDO,
TRAZANDO CURVAS, LÍNEAS,
TEXTURAS...
EL NIÑO ESTABA ENCANTADO
CON EL GARABATO
Y SE FUE GIRANDO Y GIRANDO.

EL NIÑO PREGUNTÓ
A LA GOMA:
—¿QUÉ ES LA LIBERTAD?
LA GOMA BAILÓ SOBRE
EL PAPEL GARABATEADO.
CONSTRUYÓ TÚNELES,
PUENTES, DESTELLOS...
AL NIÑO LE GUSTÓ LA IDEA
DE DIBUJAR BORRANDO.

EL NIÑO LE PREGUNTÓ
AL PAPEL:
—¿QUÉ ES LA LIBERTAD?
EL PAPEL SE FUE BRINCANDO,
RASGANDO,
ARRUGANDO,
JUGANDO
A SER NIEBLA...
¡EL NIÑO SE QUEDÓ
BLANCO!

EL NIÑO ENCONTRÓ DOS LÍNEAS RECTAS:

——¿QUÉ ES LA LIBERTAD?

LAS LÍNEAS SE ORGANIZARON, SE CRUZARON... LUEGO SE MEZCLARON PARA CONSTRUIR UNA CURVA. EL NIÑO SE RIO. GIRÓ EN LA CURVA Y SE FUE DERECHO.

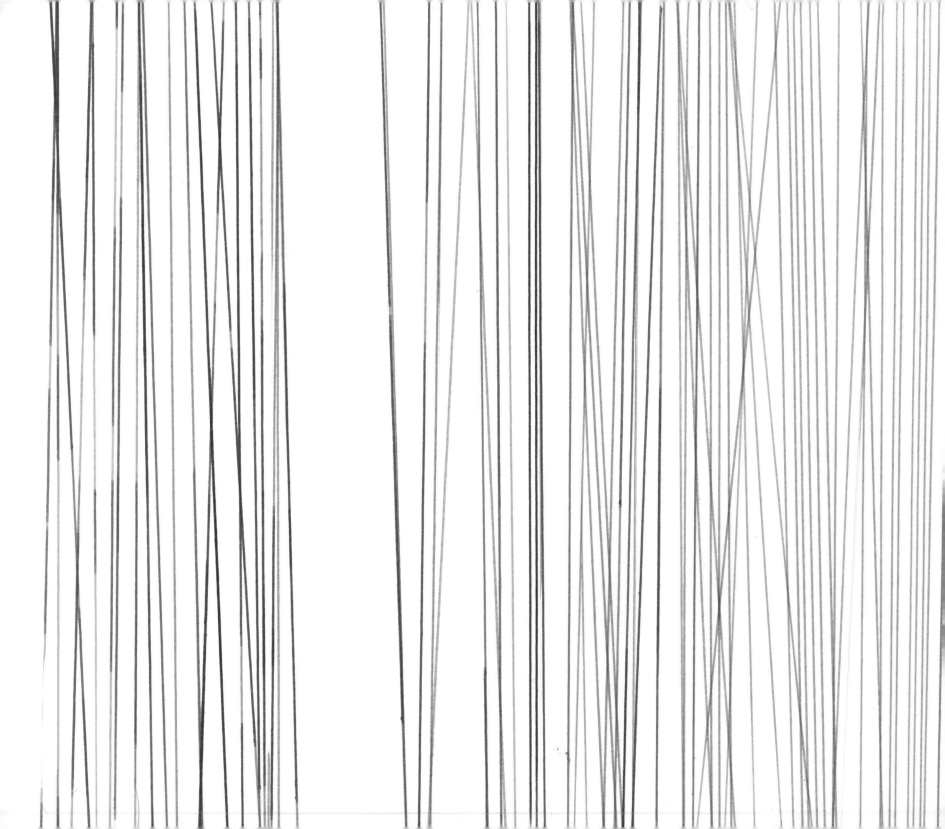

ENTONCES SE ENCONTRÓ
CON LOS CÍRCULOS:
—¿QUÉ ES LA LIBERTAD?
AZULES, NARANJAS Y NEGROS,
LOS CÍRCULOS FORMARON ONDAS,
FORMARON BICHOS,
FORMARON EL CIELO...
LOS CÍRCULOS CONTARON HISTORIAS,
DIBUJARON POESÍA...
EL NIÑO SE DIVIRTIÓ,
SE RIO MÁS AÚN,
PERO TAMBIÉN TUVO MIEDO.
Y SE FUE CALLADAMENTE, DANDO CÍRCULOS.

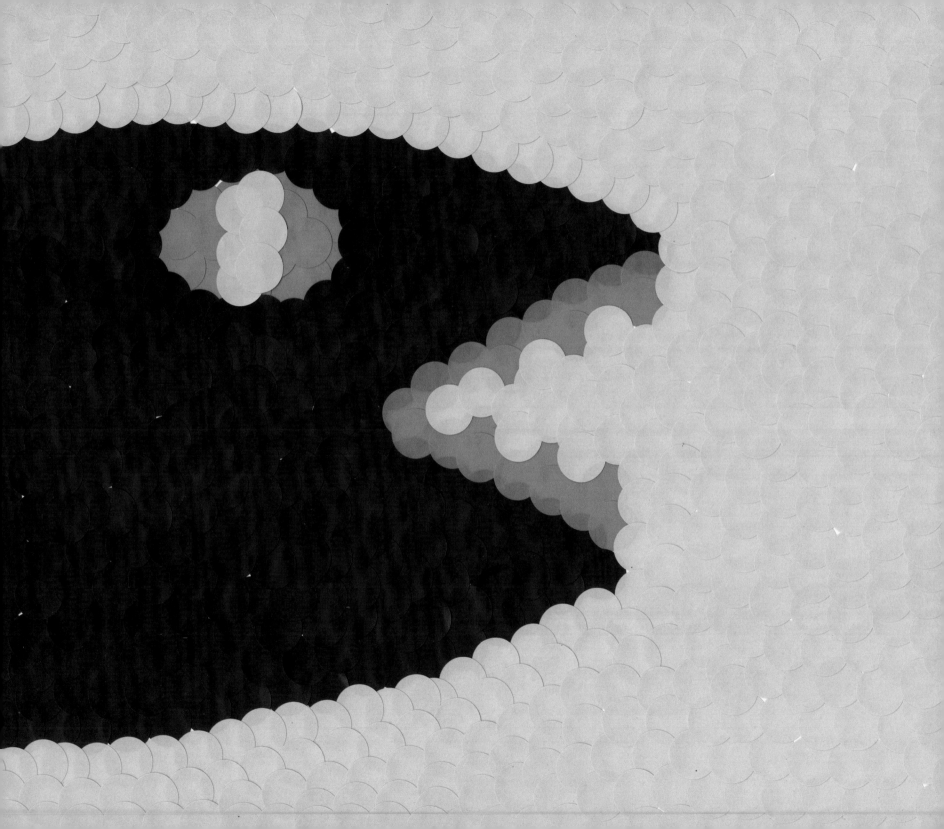

EL NIÑO PREGUNTÓ
A LAS POMPAS
DE JABÓN: —¿Qué es
la libertad?
LAS POMPAS
ESTALLARON
ANTES DE RESPONDER.
EL NIÑO SE QUEDÓ
CON LA CARA MOJADA.

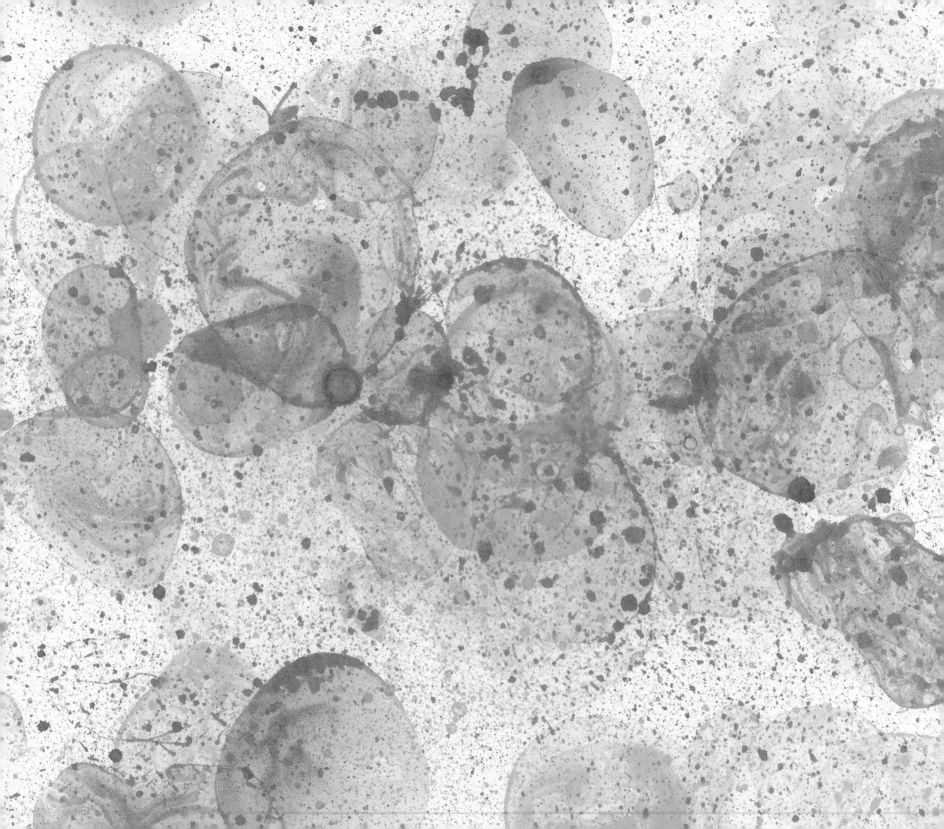

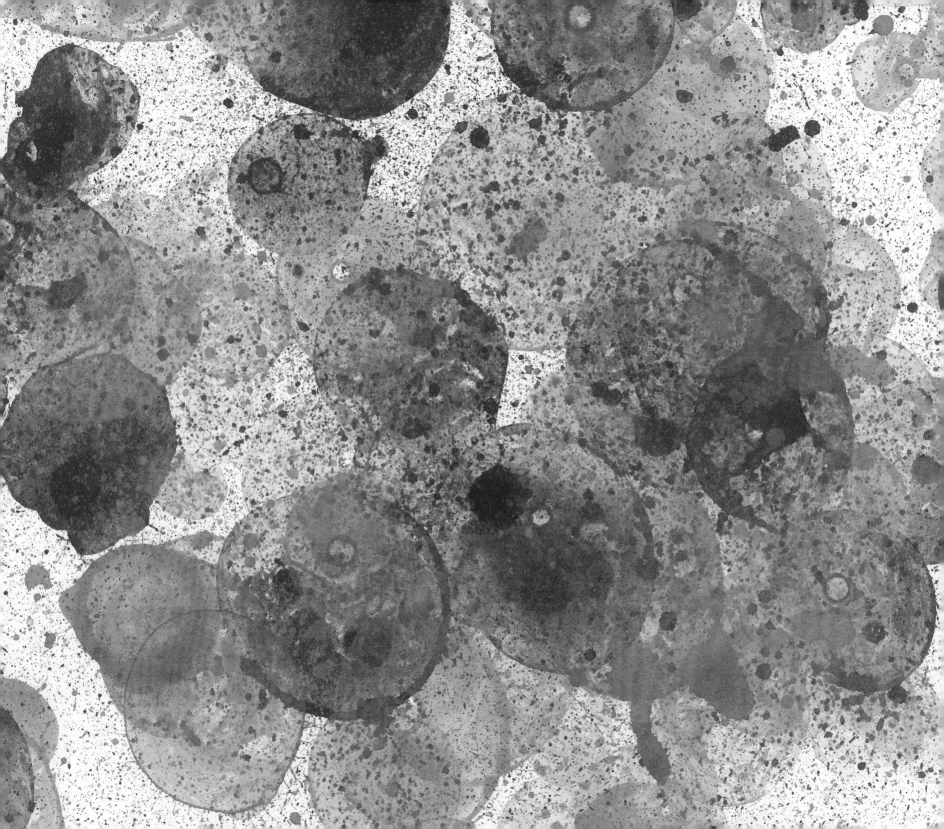

EL NIÑO SE TOPÓ CON LAS GRAPAS.

¿FUERON ELLAS

QUIENES HICIERON ESTALLAR LAS POMPAS?

—¿QUÉ ES LA LIBERTAD? —PREGUNTÓ,

DESCONFIADO.

CON UN BAILE DE COLORES,

LAS GRAPAS

SE GRAPARON

EN TODAS DIRECCIONES.

EL NIÑO SALIÓ CORRIENDO

PARA QUE NO LE AGUJEREARAN LA ROPA.

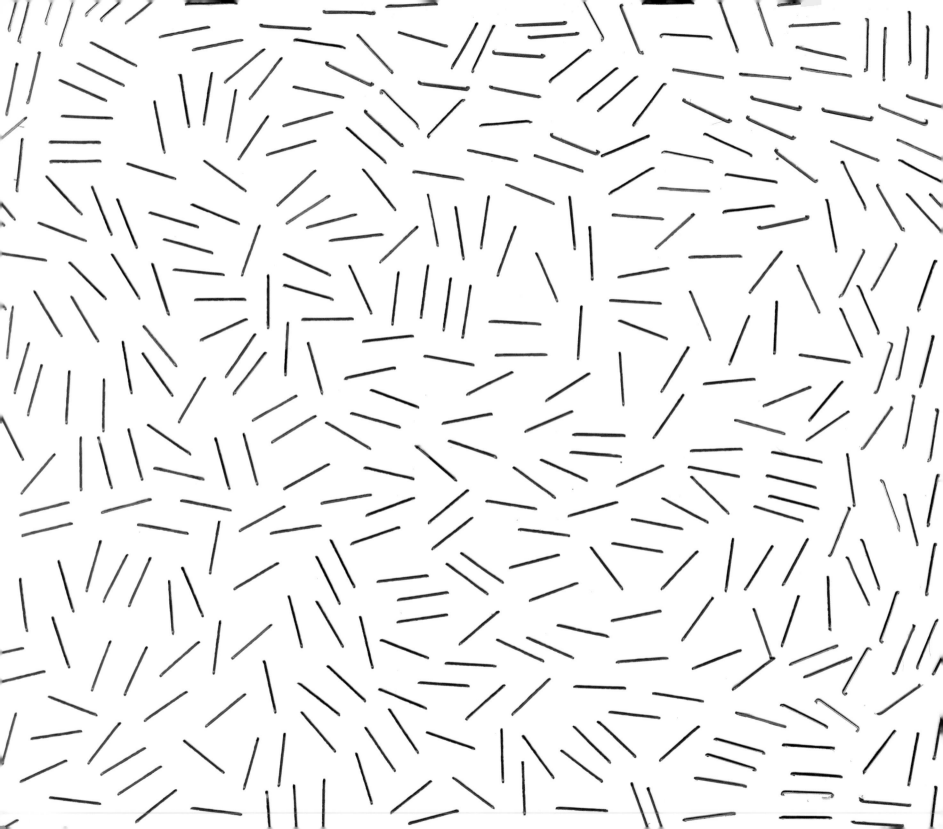

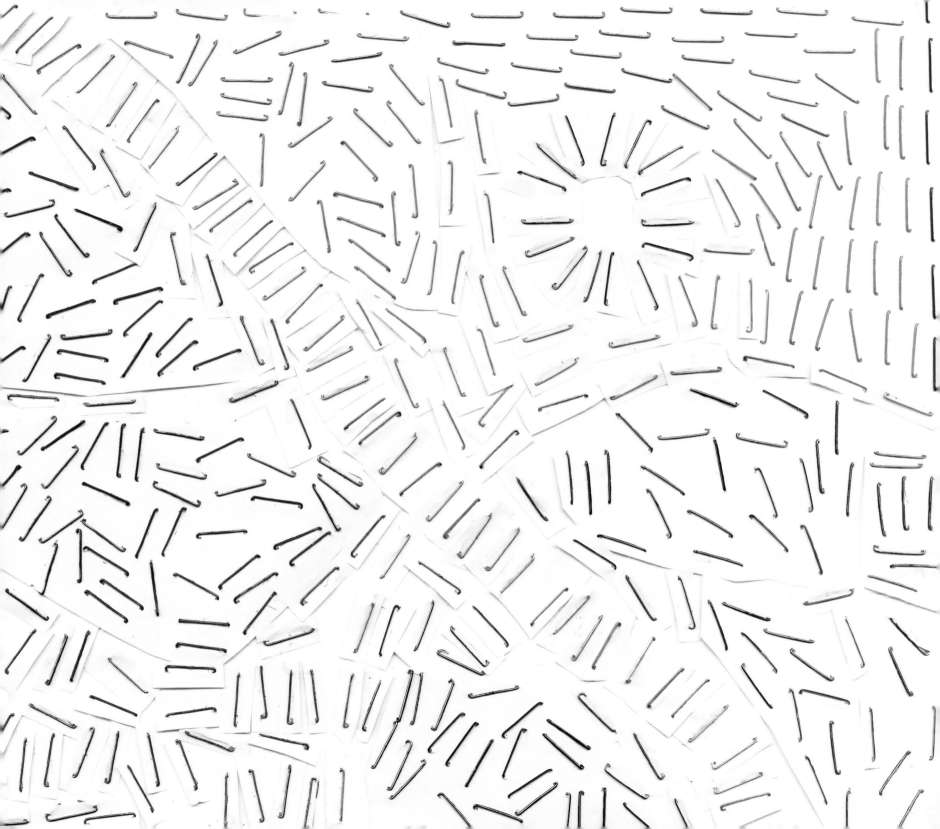

EL NIÑO PREGUNTÓ AL ALFABETO:
—¿QUÉ ES LA LIBERTAD?
LAS LETRAS SE AMONTONARON,
CLARAS, OSCURAS,
UNAS SOBRE OTRAS,
Y CONSTRUYERON PALABRAS, FRASES...
EL NIÑO SE FUE LEYENDO,
Y ENCONTRÓ NUEVAS PREGUNTAS,
NOMBRES, APELLIDOS
E INCLUSO
PALABRAS
INVENTADAS.

EL NIÑO PARECÍA PERDIDO CUANDO TROPEZÓ CON LOS MAPAS.

—¿QUÉ ES LA LIBERTAD?

JUNTOS, LOS MAPAS LOCALIZARON RÍOS, MONTAÑAS, CIUDADES ENTERAS... TRAZARON RUTAS, MOSTRARON ALTITUDES...

EL NIÑO LES DIO LAS GRACIAS Y SE FUE.

ENTONCES EMPEZÓ
LA LLUVIA
Y EL NIÑO
LE PREGUNTÓ:
—¿QUÉ ES LA LIBERTAD?
LA LLUVIA
NO RESPONDIÓ...

AL TERMINAR LA LLUVIA,
SALIÓ EL SOL.
APARECIÓ UN ARCO IRIS
HERMOSO:
—¿QUÉ ES
LA LIBERTAD? —PREGUNTÓ
EL NIÑO, TODAVÍA SECÁNDOSE.
EL ARCO IRIS SONRIÓ
CON MUCHOS COLORES.
EL NIÑO SONRIÓ TAMBIÉN.

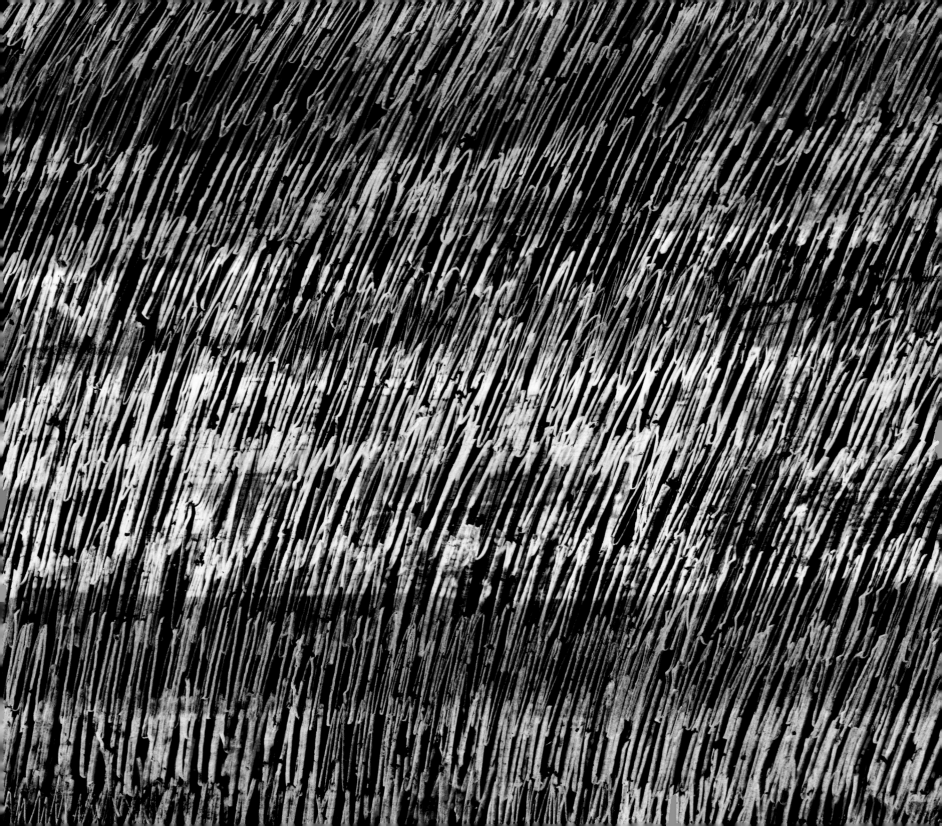

Entonces el niño preguntó
a los pájaros:
—¿Qué es la libertad?
Se fueron todos
volando
y el niño se quedó
sin respuesta.

Cansado, el niño finalmente preguntó a la noche:
— ¿Qué es la libertad? Pero era tan tarde que antes de escuchar la respuesta...

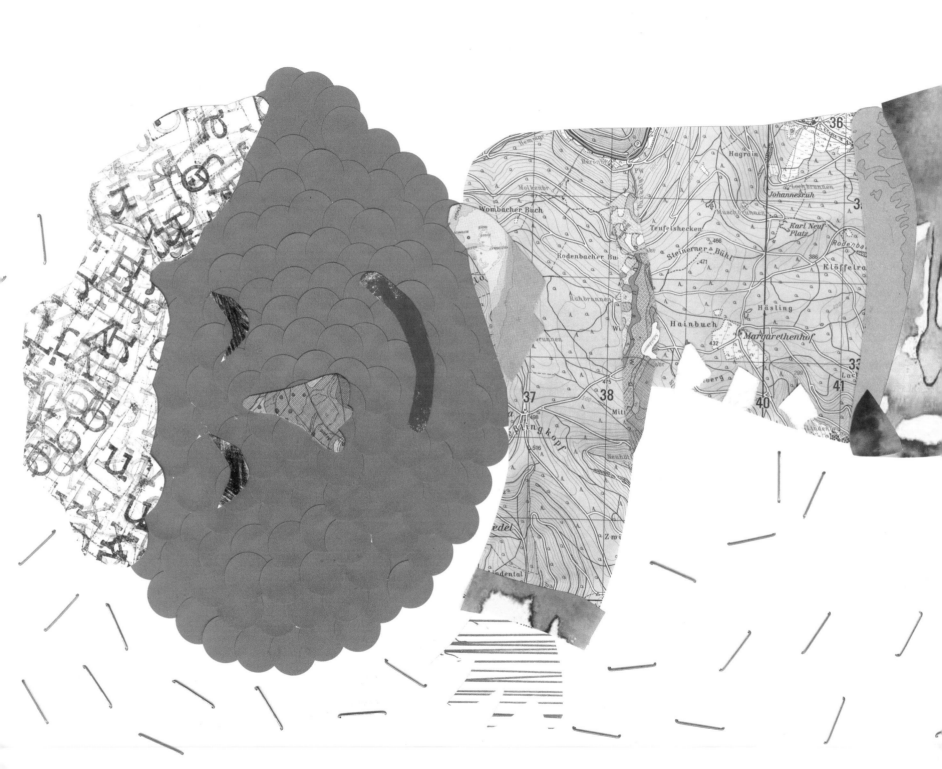

El niño se durmió.

RENATA BUENO

(Brasil, 1977) es artista, autora e ilustradora.

Ha participado en exposiciones colectivas
e individuales en Brasil, Portugal, Países Bajos,
Italia y Francia. Sus esculturas a gran escala están
instaladas en São Paulo, en una plaza pública
y en el SESC Belenzinho.

Como autora e ilustradora, ha sido galardonada
con el prestigioso premio Jabuti de Brasil y ha
publicado más de 35 títulos, algunos de ellos
traducidos en Francia y Corea.

Este libro nació de la experiencia de la autora
en el proyecto « Preguntas sobre la Libertad »,
ganador en la licitación del Estado de São Paulo.
Los talleres se crearon a fin de explorar diferentes
lenguajes de diseño.